LES
MERVEILLEVX
EFFECTS DE LA
NYMPHE DE SANTENAY
AV DVCHÉ DE
Bourgongne.

Ou eſt ſommairement traitté de ſon origine, proprietez, & vſage.

Par PIERRE QVARRÉ Charollois, Docteur en Medecine.

Spiritus Domini ferebatur ſuper aquas. Geneſ. 1. cap.

Dediez à Monſeigneur le Preſident de la Berchere.

A DIION.
De l'Imprimerie de la veſue CLAVDE GVYOT, Imprimeur ordinaire du Roy.
M. DC. XXXIII.

A

MONSEIGNEVR

MONSEIGNEVR MESSIRE
Pierre le Goux, Cheualier, Conseiller du
Roy en ses Côseils d'Estat & Priué, Seigneur de la Berchere, & premier Presi-
dent au Parlement de Bourgongne.

ONSEIGNEVR,

La Nymphe de Santenay quoy
qu'agrestement vestuë parmy l'es-
clat de la pourpre que vous honnorez, apres
beaucoup de considerations, c'est persuadée le
bon-heur de vostre rencontre. Jusques à present elle à esté si infortunée, puisque ne man-
quant d'estoffe pleine de merueilles, nul n'a osé
d'en tirer les mesures, pour les ajuster sur telle
diuinité. Elle à raison de ne douter, en suite des
auantages, dont la Nature l'a priuilegiée, que
vous agrécrez d'estre sa Tramontane, que
vous l'attirerez & captiuerez auec toute sorte
d'accueil fauorable. Au bruit de vos merites
son apprehension à esté metamorphosée en as-
seurance; & en mesme temps, quoy que dans
l'impuissance de vous seruir eu esgard à sa bas-

EPISTRE.

fesse, vous adorant comme son Soleil, elle à iugé
que vous-vous abaisseriez pour luy faire pa-
roistre la grandeur de vostre prudence & equité. Ce sera par les vœux qu'elle vous abordera,
s'asseurant que ses offres ne seront rejettées, &
que par vous elle sera à couuert de ceux qui
mespriseront malicieusement son extraction.
Voila les effects de vos attraits fondez sur la
perfection, qu'on n'admirera iamais qu'en les
cherissants, & qui nous enseueliront soubs la
lame du rauissemēt. Cette belle Prouince vous
contemple comme le phare d'equité parmy tāt
de singuliers ressentimēts, & vous publie pour
le premier mobile & constāte demeure du bon-
heur qu'elle possede. L'inconsideration publie-
ra l'inutilité, & l'experiēce certaine affermira
& eternizera le resueil de cette Deesse, qui produira sous vos auspices, des operations si rele-
uees & esclatantes, que volontairemēt ie m'o-
bligeray par vne estroite protestation de ne viure que pour mourir.

MONSEIGNEVR,

Vostre tres-humble seruiteur,
P. QVARRÉ.

A Dijon le 3. d'Aoust 1633.

Ingredior sacros ausus recludere fontes.

LES MERVEILLEVX EFFECTS DE LA
NYMPHE DE SANTENAY
AV DVCHÉ DE
Bourgongne.

Où est sommairement traitté de son origine, proprietez, & vsage.

VOICY vne matiere où il se rencontre beaucoup de difficultez, & souuent agitées par les plus sages; mais auec grande diuersité d'opinions : car s'agissant d'vn element sur lequel plus amplement l'esprit du Seigneur a estalé sa force, se promenant sur iceluy, pour luy departir la fœcondité, & l'vsage de sa puissance, Il est tout éuident que c'est vn ouurage si grand & si haut, que l'homme n'en peut traitter dignement. L'Escriture saincte nous apprend, que le Ciel en tire son

L'element de l'eau priuilegé en sa creation.

A

aiftre, & eftant manié par cette premiere
vertu fe forme l'air, & de l'air fubtilizé cô-
me d'vne cinquiefme effence, fe maintien-
nent ces corps fupremes, lefquels ne vieil-
liffants, ne changeants, ny ne fe corrom-
pants, ont toufiours fait voir par vne im-
muable experience, que de cét element dé-
coule certaine vigueur, qui fe communique fur les creatures contenuës fous la cô-
cauité de la Lune. Les Peres anciens luy
ont tant attribué de pouuoir qu'ils auoiét
accouftumé de lauer leurs corps auant que
de facrifier, couftume que les Iuifs obfer-
uerent fort eftroittement ; à cette imita-
tion parmy le Paganifme on vfoit de laue-
ments, plus pour effacer ce qui pouuoit
adherer à la perfonne attainte de forfait,
que pour les infections corporelles. L'eau
de Iupiter le parjure en Cappadoce pres de
Tyane, au rapport d'Ariftote, racontant
les chofes miraculeufes du monde, en rend
ample tefmoignage. Philoftrate en la vie
d'Apollonius le Tyanéen, recite que ceux
qui alloient faire ferment en cette fontaine, s'ils difoient la verité en gouftant de
l'eau, car il en falloit boire, ils la trouuoient
tres plaifante; mais fe parjurants, elle leur

Couftu-
me des
Anciens
en l'vfage
des eaux.

estoit amere, & de mauuaise saueur. Au
rapport de Pausanias, Peleüs s'en seruit,
donnât absolution des pechez à Patrocle,
en prattiquant l'aspersion. Ægeüs vsa de
ce mesme remede à l'endroit de Medee,
Oreste pareillement se purgea du meurtre
de sa mere Clytemnestre ; c'est ce qui obli-
gea Ænée d'aduoüer que Mercure en telles & semblables occasions auoit vne manifeste preéminence.

> *Trois fois ses compagnons d'eau courante il laua* Au 6. de l'Eneide.
>   *Les arrousant vn peu.*

Le mesme pour se purger apres le sac de
Troye du sang dont il estoit souillé, parloit
de la sorte :

> *Et toy, mon pere cher, te plaise en ta main* Au 2. de l'Eneide.
>   *prendre,*
> *Les Dieux de la patrie, & les joyaux sacrez:*
> *Car d'vne si grand guerre, & d'vn carnage*
>   *frais,*
> *A moy n'aguere issu, ce seroit forfaicture*
> *Les toucher de la main, tant que de l'onde pure*
> *Nettoyé ie me sois.*

Mais puis que par la verité de la doctrine,
les changements des ceremonies sont sur-
uenus, & de là les superstitieuses actions
esloignees du vray culte, & que mainte-

nant par les eaux sont signifiez les dons du
sainct Esprit, viuifiant, & fœcondant,
chauffant, rafraischissant, guerissant, &
consolant par la communication des pre-
sents immortels, apres nous auoir donné
les eaux materielles & terrestres, doüées
de tant de singularitez, espandant celles
qui sont mundes pour nous nettoyer, par
vne tres conuenable analogie de leurs effets naturels, estale ceux de la grace, auf-
quels ils correspondent.

    Mais puis que Dieu a rendu l'homme
Seigneur des choses sublunaires, estant
vne semence, & estincelle de la Diuinité,
qui seul est par dessus toute merueille, ayāt
communication auec tout ce qui est creé:
Bref, portant sur son front l'abregé de tout
l'Vniuers, il s'ensuit qu'il a ramassé la vertu
de toutes choses, pour moderer nos tra-
uaux & infirmitez corporelles, nous obli-
geant de croire, que

    Nostre Vniuers n'est rien qu'vne grande
      boutique,
    Où Dieu ses beaux thresors desploye ma-
      gnifique.

De plus que le Nepenthes & Moly, sont
en nostre endroit, ce que le calme de la
                    mer,

mer, & la faueur du beau temps eſt aux petits Halcyons, naiſſant tout autour d'vne
belle fontaine, qui coulant & ſerpentant
en diuers lieux de ce vaſte Vniuers, contra-
cte la qualité de pluſieurs pierres precieu-
ſes, metaux & mineraux, qui ont la pro-
prieté de remettre en pleine ſanté vn nombre infiny de Lazares, chargez d'vlceres,
comblez d'horreurs, aſſaillis, deſchirez, &
deſpecez par tant & tant de maladies
eſtranges, aux yeux haues & enfoncez,
auec le viſage bleſme & deſcharné, les mé-
bres extenuez & ridez, forçât le Ciel d'aduoüer que plus particulierement ils poſſedent la force de faire rajeunir, prolonger
la vie, & eſloigner toute ſorte d'ennuy, &
d'angoiſſe; effect vrayement eſſentiel de
cette ſupréme benediction, qui viuifie
tous les iours les creatures, tant en leur
generation, qu'en leur accroiſſement, &
conſeruation.

Nectar & ambroſiam latices epulaſque Deorū.
Det mihi formoſa guana iuuenta manu.

Voila donc cette chaleur qui donne vie
aux creatures, cét eſprit qui eſt rouſiours
de meſme, & n'enuieillit iamais, ſe conſer-
uant eſloigné de toute debilité. C'eſt icy

B

où Hebé fille de Iunon verſe abondam-
ment cette liqueur ſanctifiée, Sacrement
de vie & vigueur qui ſe fait admirer en
pluſieurs lieux de la France, & notammét
en Bourgongne, où pluſieurs piſcines &
fontaines merueilleuſes en qualitez occultes & manifeſtes, nous obligent de confeſ-
ſer, qu'en ces lieux Dieu a ramaſſé tout ce
que la Nature recele de plus ſingulier,
pour bannir de nos corps les plus violentes indiſpoſitions. Ce ne ſont les eaux de
Scamandre, ny les bains d'Antigone fille
de Demetrie, ny ſemblables lauois ſuper-
ſtitieuſement canoniſez par l'abuſée anti-
quité; ains des eaux, dont les vnes par le
merite de ſaincte Reyne Vierge & Marty-
re, operent iournellement des miracles, &
au Temple dreſſé à ſon honneur, retentiſ-
ſent inceſſamment les actions de graces en
ſuitte du recouurement de la ſanté; ce qui
teſmoigne aſſez combien grande eſt la
force du bras de celuy par le moyen duquel ſont eſloignées tant de maladies in-
curables, & au delà le pouuoir de tout
l'ordre de la Nature.

Les autres font tous les iours teſte aux
plus celebres Medecins, leſquels apres

La Bour-
gögne ri-
che en pi-
ſcines &
fontaines
minerales.

Eaux de
ſaincte
Reyne.

auoir employé inutilement vn monde de remedes, se voyent reduits dans l'impossibilité de départir quelque soulagement, recourent à vn plus auantageux asyle, qui se rencontre aux eaux minerales & metalliques ; se manifestant par leurs effects, qui procedent non seulement de l'eau & de la terre, ains empruntent les qualitez communes du fer, plomb, mercure, vitriol, alum, sel, nitre, soulphre, bitume, & autres ; entre lesquelles celles de Bourbon-Lancy ont vn si puissant auantage, qu'elles font voir qu'en Occident elles ne sont de moindre recommandation, que celles de Gadara estoient iadis en l'Orient, naissant d'elles diuers genres d'éuacuation, tant par sueurs, prouocation d'vrine, dejections du ventre, vomissement, que par insensible transpiration : actions qui surpassent en suitte de leurs effects releuez de beaucoup l'industrie & secours ordinaire de la medecine.

Eaux de Bourbon-Lancy.

Leurs effects.

Multa tegit sacro inuolucro natura,neq; vllis
Fas est scire quidem mortalibus omnia : multa
Admirare modo, nec-non venerare,neque illa
Inquiras,quæ sunt arcanis proxima : namque
In manibus quæ sunt,hæc nos vix scire putãdũ.

B ij

Eſt procul à nobis adeò præſentia veri.

Mais d'autant que cecy ſe dit pour n'eſtre ingrat du benefice que le Ciel d'vne main liberale depart à cette Prouince, & que ce n'eſt mó intentió de rechercher particuliement les qualitez occultes des eaux, attendu que le loüable & vtile deſſein qui me poſſede, pour n'eſtre mis au rang de ceux, dont le peu de foy, joint au meſpris du prochain & de la recherche des œuures de Dieu, m'oblige de publier le plus ſuccintement & clairement qu'il me ſera poſſible, ce que dés peu de iours, i'ay recogneu

des Nymphes de S A N T E N A Y ſeulement aduoüees pour l'vſage domeſtique aux boüillons & aſſaiſonnement des chairs, la ſaueur toutesfois quoy qu'vn peu ſalée, neantmoins deſagreable à cauſe du ſoulphre, alum, & autres mineraux qui s'y rencontrent.

Nymphes de Santenay.

Participét des metaux & mineraux.

Pour faciliter ce diſcours il importe beaucoup de diſtinguer les eaux minerales & medecinales, d'entre les eaux ordinaires & potables; qui me faict dire que celles-cy tiennent lieu en la principale portion de la nourriture ſolide, ſe tranſmuants auec l'aliment, en eſprit, humeurs, & ſolidité

Differéce des eaux minerales & potables.

& folidité de membres, concernants le naturel de leurs propres fources: eftant de
grande confequence lors qu'il eft queftion
de vouloir fonder les complexions des
corps, examiner par le menu les qualitez
de cét élement; obferuant en l'eau, fi elle
eft craffe, ou fubtile, pure, & tres-claire,
defpoüillée d'vne faueur eftrange, non li-
monneufe, ny foüillée d'ordures, n'impri-
mant aucune couleur ny teinture extraor-
dinaire aux linges, qui en font arroufez,
fejournant peu aux hypochondres, fe mef-
langeant promptement auec le vin, conceuant foudain la chaleur, & de mefme la
repouffant: bref, fe rencontrant efloignée
de toute mauuaife qualité. *Hæ enim &*
dulces funt & albæ & vinum modicum ferunt,
hyeme calidæ fiunt, æftate verò frigidæ, quæ ex lo-
cis fublimibus ac terreis collibus ad Orientem
vergentibus fluunt.

Le naturel de ces eaux pures eft confide-
rable, & c'eft le but ou doit vifer celuy qui
les veut diligemment examiner, comme
auffi les diftinguer d'entre celles qui tiennent de la condition des metaux & mineraux; puis qu'il eft certain qu'y ayant des
veines minerales & metalliques, fuiuant la

*Conditiós
de l'eau
potable.*

*Hipp l. 1. de
aëre loc. &
aq. textu 1.
10. & 14*

C

disposition des terres, à trauers desquelles
s'escoulent les eaux, elles en contractent
manifestement les qualitez. *Aut istic vbi ca-*

L. 2. de aëre
loc. & aq.
textu II.

lidæ aquæ existunt, aut ferrum nascitur, aut aes,
aut argentum, aut aurum, aut sulphur, ant alu-
men, aut bitumen, aut nitrum. La raison est

3. Meteor

confirmée par Aristote & Albert le grand.
Porrò metallorum causa naturalis exhalatio est
sub terra, materia eorumdem proxima est mercu-
rius & sulphur, quod fit ex vnctuoso aëre terre-
stri subtili ignito vi caloris cœlestis.

Origine
des me-
taux.

C'est de cette Panacée maniée par vne
vertu toute puissante qu'est extraict l'aistre
des metaux & mineraux, parfaictement
purgez par vn moyen immüable, qui se
communique soubs le voile & apparence
d'vne vapeur meslée, parmy vne exhala-
tion salée, prouenant du ventre de la terre,
laquelle se resout en ëau, pour former vn
corps vrayement metallique, se dissoluat
& liquefiant par le feu, puis qu'il est engendré d'eau congelatiue; Qui nous oblige de tenir cette verité, que telle congela-
tion doit estre attribuée à la terre, laquelle
se cuisant dans ses propres veines s'endur-
cit & se reduit en sel, nitre, alum, vitriol, &
bien souuent en soulphre & mercure, ger-

me paternel & femence paternelle de tous les metaux.

Voila donc fommairement le rencontre de la fœcondité de la Nature, & de cette Colcodée qui agit vniuerfellement par le rencontre de la difpofition des fubjects, qui nous jette dans vn extréme rauiflemét, produifant fans s'ennuyer, par vne generation & corruption continuelle toutes fortes de formes.

Effect vniuerfel de la Nature.

L'eau de foy eft froide, & eftant efchauffée elle reprend fa froideur, fi ce qui l'efchauffe en eft retiré. En nos eaux minerales la caufe en eft perdurable, & les élements y rencontrent vn priuilege fpecial, leur temperament & harmonie fubfiftant fans changement ny alteration:d'où vient qu'on tient pour certain, qu'en cét œuure admirable Dieu fe rend incomprehenfible. C'eft pourquoy traittant feulement des actions qui naiflent des qualitez euidentes aux mineraux, fans nous arrefter à Pline qui publie, que, *fontium mira eft origo,* Voyons ce que le fens, la raifon, & l'vn & l'autre marié auec l'experience, nous enfeigneront apres que nous aurons dreflé la Topographie & defcription fuccinte de la

Opiniõ de Pline touchant l'origine des fontaines.

Topographie des

C ij

fontaine située proche du pont de C H E-
L Y, dans vn pré fatalement nommé Or-
gain, à mille pas de la montagne d'V R-
S E L L E, au pied de laquelle eſt le bourg &
place forte de S A N T E N A Y, ayant ſon
terroir tres-auantageux à la culture des vi-
gnes & froment, & tellement fauoriſé du
Soleil, qu'il en eſt illuminé, tant que l'ordre que la Nature luy à preſcrit peut permettre, ſerenant & adouciſſant tellement
cét air, qu'égallement le Printemps & Eſté
luy ſont fauorables. entre V R S E L L E &
la fontaine minerale, s'y en rencontre vne
par le vulgaire appellée B o v ï L L A N T E,
& vne autre du coſté du Midy eſloignée de
la minerale d'enuiron quarante pas, leſ-
quelles ne poſſedent autres qualitez que
celles de l'eau commune, & forment deux
petits ruiſſeaux, qui courants à douze ou
quinze pas de noſtre fontaine, & joints à
celuy qu'elle produit, different en tout &
par tout d'iceux, tant par la ſaueur que
couleur de la reſidence des boues, ainſi al-
liez ſe vont deſcharger dans la riuiere de
D v N E, qui en eſt diſtante de deux à trois
cent pas. Ce ſubiect eſt plein de rauiſſe-
ment, ſi nous conſiderons l'auoiſinement
de ces

de ces sources toutes contraires, dont les vnes tres-douces, & pour l'vsage ordinaire, & les autres.

Du Bartas
en la 1.
Sepm.

> *Par leurs vertus guerissent*
> *Mille sortes de maux qui nos corps enuieil-*
> *lissent,*
> *En l'Auril de leur âage, & d'vn puissant*
> *effort,*
> *Taschent d'antidatter l'arrest de nostre mort.*

Cette fontaine minerale à Vrselle au Ponant, le ruisseau de la boüillante au Septentrion, celuy de l'autre au Midy, & la Dune à l'Orient. Nous dirons de cette situation ce qu'au lieu prealegué est rapporté en ces termes. *Vrbes ad Solem & ventos pulchrè iacent quæ ortum vel Aquilonem spectat: Orientales enim venti & Boreales aërem optimè purgant, eumque subtiliorem reddunt; itaque vitam tranquillam & valetudinis plenam ciues degunt, modò prædictis vtantur, quæ nomine Palladis à veteribus Theologis nuncupantur.* Publions par tout l'obligation estroitte que toute nostre Prouince doit à vn lieu si prodigalement apanagé du Ciel, puisque ces éaux par leur force & geniale vigueur, operent par vn principe si puissant & particulier à la Diuinité, que non seulement elles con-

Situation
plus cele-
bre des
villes.

D

tribuent à la nourriture, mais encore peuuent chasser vne Iliade & Myriade de de-
fauts corporels, & pour vn auantage plus
grand nous menent par la main à la con-
noissance des choses celestes par les terrestres.

4. des
Roys.

N'est-ce point icy vn eschantillon de la
fontaine de Hierico recogneuë plusieurs
années amere, sterile, & pernicieuse de
tout poinct, & en fin renduë douce, agréable, & fertile en suitte de la priere du Prophete Elysée.

Cause par-
ticuliere
de l'vsage
des ëaux
minerales
de Sante-
nay.

Il n'y à pas long temps que l'on se def-
fioit de l'vsage de ces ëaux, mais la necessi-
té par certaine experience a fait voir que
leurs sources sont autant viuifiantes & sa-
lutaires que delicieuses, ce que ie me promets de publier à la posterité, referant le
tout à la gloire de celuy, duquel les merueilles se descouurent en la Nature, au
mouuement, douceur, amertume, chaleur, froideur, clairté, troublement, & autres qualitez de ce present subject, m'exer-
çant à la loüange de son sainct nom, pour
les auantages de ma patrie, & le rencontre
de la santé commune des hommes, en
suitte de la promesse que Dieu faisoit par

le Prophete, difant. *I'eſtendray ſur vous des*
ëaux mundes, & ſereʒ nettoyez : i'eſpandray des
eaux ſur celle qui a ſoif, & des torrens ſur la terre
ſeche. Et declarant quelle eſt cette ëau il re-
pete, *l'eſpandray mon eſprit ſur ta ſemence, & ma*
benediction ſur ta race. Iſaïe 49.

 Et vous, ô ſources merueilleuſes,
 Par l'eſprit d'en haut fructueuſes,
 Humeur en criſtaux condenſez,
 Foment de la terre alterée,
 Confort de la terre embraſée,
 Sur tout le Seigneur beniſſez.

Le Cyprez eſt le hieroglifique d'vne
beauté ſterile; mais nos ëaux portent ſur
leur front les marques fructüeuſement
agrëables. Ie ſçay que pluſieurs paralyti-
ques de raiſon & d'eſprit, voire aueuglez
totalement des yeux du corps & de l'ame,
en opiniaſtrent l'origine, compoſition,
qualitez, & vſage, pour n'en reüſſir ordi-
nairement des effects auantageux, forti-
fiant leur foible opinion du texte 14. au liu.
2. de aëre loc. & aq. du meſme Hippocrate
en ces propres termes : *Quæcumque verò ſal-*
ſæ & crudæ & duræ ſunt, ad hoc quidem vt om-
nes bibant, non bonæ ſunt. Ce qui ne ſe doit
entendre des ëaux medicinales, & leſquel-

Vtilité des ëaux mi-nerales.

       D ij

les pour cette confideration font iournellement employées pour la reftauration de
la fanté, éuitant de prendre aucune viande
apres les auoir beuës, qu'au prëalable la
defçharge n'en foit faicte, par la vefcie, de-
jection du ventre, fueür, ou vomiffement.
La recherçhe plus exacte qui s'en pourra
faire fur les lieux ne fera que pour contan-
ter les plus curieux, & ne vous certiorer
dauantage de l'alum, vitriol, foulphre, fel,
nitre, fer , & mercure, dont l'experience
nous rend hors de doute; ce qu'ayant efté
foigneufement examiné par perfonnes
d'honneur, & recommandables par leur
doctrine & merite, & notamment par
Monfieur Robin tres-fameux Medecin à
Dijon, fans auoir obmis le recolement des
effects aux caufes, en fuite du concours de
plufieurs indications contraires, pour plus
facilement arriuer aux vniuerfelles obfer-
uations; non que toutes ces matieres tombent tellement fous nos fens, & principalement à noftre veüe, que par icelle, l'odorat, gouft, & attouchement nous rendét
certains de cette cognoiffance. *Si quis in*
morborum curationibus errare nolit, animaduer-
fat vt à fingulis indicationibus, plenè notiones fu-
mat, fi

Quels me-
taux &
mineraux
fe rencon-
trent és
eaux de
Santenay.

mat, ſi enim vel vnius robur præterierit, curatio claudicabit in omnibus, perpendat quid adeò va-lens vt indicet, quid adeò imbecille vt omittatur.
C'eſt pourquoy il eſt expedient de porter noſtre iugement à voir & calculer ce qu'eſt de conuenable & correſpondant à çhaque ſubieȼt ; ainſi parmy toutes ces ſingulari-tez, on eſloignera l'incertitule par vne certaine experience, nous exerçants à la ſegregation des corps diſſemblables, où nous verrons les premieres qualitez & fa-cultez qui ſe communiquent en noſtre matiere, qui nous deſcouurira ce qu'on s'en peut & doit promettre.

Ce que nous auons rapporté de l'eau de noſtre fontaine employée pour l'vſage do-meſtique, eſt vn formel argumét qui con-clud neceſſairement, & lequel nous deſ-couure plus clairement que le iour, que le ſel-nitré, y predomine, non tel que les An-ciens le repreſentent, lequel ne ſe rencon-tre plus, en ſa place ayant ſuccedé celuy dont nous entendons traitter, & le ſalpe-tre ; il s'en rencontre de deux ſortes, ſça-uoir l'artifiél & le naturel. Ce premier eſt acquis ou auec la cendre, ou autre matiere, & ſe nomme alkaly ; ou bien s'extraiȼt des

Deux eſ-peces de nitre.

E

ëaux de la mer, des eſtangs, puits, & fontaines. Le dernier ſe tire des mines, & ſe
nomme ſel gemme, paroiſſant dur, blanc,
& tranſparent, comme auſſi celuy que les
deſerts de Cyrene en Afrique produiſent,
qui ſe nomme armoniac.

　　Le tonneau qui contient l'ëau de cette
fontaine eſt reueſtu au dedans d'vne matiere verte & jaune legerement ſalée auec
attriction, comme auſſi d'vne rouille éui-
dente, ſemblable au ſaffran de Mars preparé auec l'ëau ſimple ou eſprit de vin.

　　La boüe & marc eſt tellement noir &
doux à manier, qu'on pourroit dire que
c'eſt quelque eſpece de beurre mineral, &
hors ſa couleur, ayant vne conſiſtance pa-
reille à ce qui ſe ramaſſe aux voutes des
bains de Bourbon Lancy, tant recherché
pour eſtre appliqué ſur les parties nerueu-
ſes affoiblies. Et paſſant outre par l'euopa-
ration & exſiccation, on en voit exhaler
vne fumée grandement ſulphurée, que
l'odorat y rencontre auec manifeſte cra-
quetement, excité par le nitre ; & l'operation finie, il paroiſt parmy ce marc des veines cendrées, marque tres certaine que le
mercure y à eſté, attendu que les metaux

Soulphre
en nos
ëaux.

& le foulphre n'en font iamais defpoüil-
lez, principalement dans les veines de la
terre; ce qui fe remarque plus clairement à
la friction qui fe pratique aux plantes des
pieds, & paume de la main, auec l'onguent
difpenfé auec ledit foulphre & beurre frais,
eftant queftion de proceder à la curation
des affections cutanées, excitant copieufe-
ment la faliuation & ptyelifme.

La noirceur dont cy-deffus a efté parlé ne
prend aiftre, que d'vn fuc qui fe rencontre
condenfé dans les mines & veines de la terre, que nous deuons eftimer eftre le vitriol
ou couperofe, appellé par les Grecs chal-
cantum.

Rencon-
tre du vi-
triol és
eaux de
Santenay.

Et s'eft ainfi que nous deuons inferer
qu'il y à vn éuident rapport entre le foulphre & le vitriol, qui concurrent en cette
occafion, comme à qui mieux mieux à có-
feruer tout ce qui entretient l'harmonie de
la fanté, emportant par pareils & femblab-
bles effects plufieurs maladies & infirmitez deplorables, par l'entremife de la raifon & experience; celle-cy fondée fur les
fens, & celle-là fur le difcours; nous arre-
ftant toutesfois principalement à l'experience, pour acquerir la cognoiffance, ĝe

Analogie
du vitriol
& foul-
phre.

Galen.l.3i.
& 34 des
fimples,
chap.

E ij

ce que vne loüable curiofité nous oblige
de recherçher auec tant d'affection; &
c'eft de là que l'experience fe fonde grandement fur le fens, & que le fens rarement
fe trompe à l'endroit de fon object, s'il
n'eft corrompu, ou efloigné d'vne indeuë
diftance.

Affeuráce
du fens.

Quid nobis certius ipfis
Senfibus effe poteft, quo vera ac falfa notamus?
Mathiol. fur le 5. de Diofcoride chap. 114.
tient que du vitriol exhale certaine vapeur
fœtide & fulphurée, ce qui fe manifefte
clairement, le calcinant & le colcothori-
fant, & n'eft autre chofe fuiuant l'aduis
plus certain, que : *Sulphureæ falfuginis, æratæ,*
ferratæue coagulum, quod certitudine apodictiâ
potius, quàm topicâ probabilitate nititur. Voila
donc que le fens, plus que la raifon, nous
faict paruenir à l'ilation, qu'il importe peu
accordant que l'vn & l'autre s'y rencontre,
d'autant que, *Non poteft fimilius effe ouum*
ouo, lac lacti. Outre que l'acide vitriolique
prend fon origine du Sulphuré.

Qu'il y a
du fer &
du cuivre
és eaux.

Donc nous voyons que rencontrant en
nos eaux du vitriol, il n'y a lieu d'y obmettre le fer & le cuivre, n'y ayant rien de plus
cognu aux Alchimiftes que de l'airain &
du fer

du fer former du vitriol, d'où vient que les
Poëtes myſtiquement ont traitté des
amours de Mars & de Venus, l'vn repre-
ſentant le fer, & l'autre le cuivre.

Mulciberis capti Marſque Venuſque dolis.

Mais comme la roüille dont cy-deſſus à
eſté parlé, repreſente la limaille de fer alco-
holiſée, meſme que les boües participent
beaucoup du gouſt de l'eau, où ſouuent le
fer à eſte eſteint ; Peut on à noſtre Nymphe deſnier les qualitez ferrumineuſes? ces
demonſtrations poſées, & ces obſeruatiõs
premiſes, nous diſons, qu'il n'eſt de beſoin
que ces mineraux & metaux ſe communiquent tellement à nos ſens, qu'ils en rendent vn iugement definitif, ains il ſuffit
qu'auec le ſens, la raiſon jointe à l'experience, rende foy d'vne choſe laquelle à
l'aduenir par ſes effects admirables le fera
aſſez recognoiſtre : car, *Probatur aqua ſenſi-*
bus, conſiſtentia, ratione & experientiâ. Dauantage, c'eſt vne verité ſi puiſſante, qu'on ne
la peut deſnier, ſi on nous accorde, que:
Aquæ non modò ſunt tales, qualis ſit terra, vbi
quaſi vt in parentis gremio aſſeruantur ; verum
etiam tales redduntur, quale ſit ipſum ſolum qua
profluit.

Hipp. l. ÷d. text. 12.

F

Toutes ces matieres blançhaſtres qui ſe
figent aux contours de la fontaine, qui pic-
quent la langue auec vn peu d'aſtriction
ne ſe pourront iamais plus à propos attri-
büer qu'au ſel-nitre & alum ; ce qu'on ſe

peut familierement & facilement acquerir
par la decoction, euaporation, diſtillatió,
ou filtration, ſe ſeruant des vaiſſeaux propres & vſitez, au trauail & operation du
vitriol & alum, quoy que la doctrine de
Fallope en ce poinct ne conuienne auec
nous, publiant que par telle voye on ne
ſçauroit s'acquerir la cognoiſſance metallique & minerale.

Ces matieres jettées au feu, outre les ſi-
gnes prèaleguez, étalent vne matiere ſpu-
mneuſe, eſloignéede la condition de l'A-
phronitre des Anciens, quoy que friable
et ſaléc.

Voila de grandes merucilles, aſſorties en
tout & par tout de notables perfections,
combien qu'en ces ëaux, œuure des doigts
de Dieu, ſe rencontrent tant de parties di-
uerſes & diſſemblables ; & quoy qu'elles
ſoient de nature meſlée de çhaleur & froideur, de ſiccité, & humidite, ſi eſt ce que
la qualité froide ſurmonte la çhaude : car

l'efprit mineral eft incapable de furmonter
vne fi grande & continuelle afufion
d'ëau , laquelle rabat pareillement l'ai-
greur , l'acrimonie , & l'aftriction des
corps mineraux & metalliques, dont elle
eft impregnée, delaquellele fens ne fçauroit iuger abfolument, qui nous oblige
de continüer cette verité, qu'il s'y retreuue
des çhofes qui ne nous font manifeftées
que par les voyes fufdites.

Le fens
n'eft iuge
abfolu des
ëaux mi-
neralca.

On remarquera que le fel-nitre produit
des actions bien differentes, d'autant qu'e-
ftant meflé auec l'ëau, l'efprit froid qu'il
contient, ne les rend moins froides que la
glace, qui faict que plufieurs s'en feruent
pour rendre le vin grandement frais ; ce
qu'on remarque aux armées du Leuant &
Midy, quand elles campent, car on y faict
des foffes ou le vin eft logé, puis couuert
de gazons de terre, reçoit en diuers en-
droits, bonne quantité de fal-petre. Cecy
fe confirmera encores par la poudre py-
rienne, laquelle mafçhée peu à peu caufe
aux dents vn manifefte refroidiffement, &
c'eft de là que de ces matieres nitreufes &
fulphurées, au rapport des Philofophes, le
tonnerre eft furieufement excité ; le çhoc

de la chaleur enfermée contre le froid qui
la ferre de toutes parts, augmente l'inflammation, natüre fe renforçant d'ailleurs, d'autant plus qu'elle fe voit affaillie.
Le fel commun confirme cette verité, &
en plufieurs chofes femblables jetté dedás
le feu forme pareils effects.

Ne nous jetons donc dans le rauiffement
ſi nonobſtant que le ſoulphre & ſel nitre
qui conçoiuent la flamme, ne rendent nos
ëaux actuellement chaudes, m'arreſtant à
ce que dit vn Moderne ; *Omnia fermè con-*
trariis qualitatibus funt prædita, & idem poteſt
diuerſa operari ; c'eſt de quoy ie m'entretien-
dray plus particulierement cy apres, touchant les proprietez qui rendent recommandables les ëaux medicinales.

Voyons ce qu'il nous femble de l'alum,
duquel s'en rencontre de trois fortes, fuiuant l'opinion de Diofcoride ; fçauoir, le
rond, le liquide, & le fraiſle, ou fciſſile. Du
Renou tient que nous n'auons les deux
premiers, & que leur rareté nous en oſte la
joüiſſance ; mais que le dernier eſt commun, eſtant celuy que ie recherche & rencontre dans nos ëaux ; ie ne me veux arreſter à la methode qu'on obferue pour faire
celuy

Pourquoy les ëaux de Santenay n'ont vne chaleur actuelle.

Trois fortes d'alum.

celuy de Catine & Saccharin, où le ſtron-
gilon de Mathiole, lequel en ſon Com-
mentaire ſur le 5. liure de Dioſcoride, faiĉt
voir comme l'eau minerale miſe dans des
vaiſſeaux de plomb eſt eſpaiſſie, puis coä-
gulée, ſans obmettre les cuues de bois có-
uenable, de terre, ou pierre ; moins encores m'eſtendray-je ſur la ſeparation de l'a-
lum d'auec le vitriol, & autres mineraux,
entre leſquels ie mettray l'alum noir qui
vient de Chypre, celuy de plume appellé
fciſſile ou capillaire, d'autant qu'il s'efile
tout, conceuant le feu facilement, qu'eſt
l'occaſion qu'on le prend ſouuent pour la
pierre Amianté, laquelle eſt manifeſtemét
fibreuſe, ainſi que paroiſſent les veines du
bois, ſe deffendant puiſſamment de l'iniu-
re du feu, & en eſtant peu ou point alteré.
Ce ſera donc du troiſieſme dont il eſt expedient de dire quelque choſe. lequel naturellement eſt tranſparent, dur, & clair
comme glace ou criſtal, liſſé ſans ſable, &
lequel pour le preſent eſt fort vſité, & ſe
meſlange tellement auec le ſel, nitre, & vitriol, qu'il n'eſt difficile, mais impoſſible,
que l'œil en tire quelque iugement de di-
ſtinĉtion : auſſi en la terre & pierre alumi-

G

neuſe ſe rencontre le plus ſouuent le cal-
canthum , ce qui s'obſerue en la ſeparation du diuers meſlange des mineraux ; de
fait qu'en cette action le vitriol deſcend,&
l'alum ſurnage , qui deſcouure outre la
noirceur manifeſte des bouës qu'en nos
fontaines on doit librement aduoüer que
l'alum & vitriol s'y rencontrent.

    Nous auons veu en partie ce qu'eſt de
la condition des mineraux & metaux qui
fomentent nos éaux : maintenant reſte à
eplucher tout ce que nous iugerons proceder en partie de la nature des elements
de l'eau & de la terre, en partie des qualitez que les mineraux & metaux leurs dé-
partent; ſi bien que ſans nous precipiter
dans la confuſion, qui preuient, accom-
pagne, & ſuit touſiours vn procedé indiſ-
cret & mal entendu, nous tiendrons en ce

Ordre
touchant
les quali-
tez des
ſuſdits
metaux &
mineraux. lieu le meſme ordre duquel comme d'vne
Ariadne nous nous ſommes ſeruis pour
ſortir du labyrinthe de tant de difficultez,
nous recognoiſſants autant redeuables à la
Nature, que la Fortune eſt homagere &
tributaire aux rares eſprits, deſquels le gra-
de éminent penetre dans la plus ſenſible
partie de l'honneur & authorité que la re-

cherche des hauts myſteres des ëaux & effects miraculeux, & naturellement conti-
nuez, nous conferent.

Ce ſubject n'eſt ſterile, mais vtile, har-
dy, & quoy que difficile, toutesfois plus
eſclaircy en ce temps, qu'il n'a eſté par les
ſiecles paſſez : ie m'en demeſleray le mieux
qu'il me ſera poſſible, n'ayant autre but
que la conſideration publique, & de ceux
qui ſe relaſçhants de leurs plus ſerieuſes
occupations, me preſteront quelques heures de leur loiſir, pour jetter leurs yeux ſur
ce petit diſcours, mis trop toſt au iour, &
auant ſa perfection, me promettant de le
reuoir, ſi quelque meilleure plume ne
m'en retire, puiſque mettant la main à vne
beſongne que i'attendois volontiers voir
ſortir d'vne plus riche boutique, ce me ſera
aſſez à temps, ſi aſſez bien, & ſi ce à quoy
i'ay viſé peut rencontrer vn fauorable effect.

Ces œuures pleines d'eſtonnement, &
qui donnent dequoy admirer Dieu, pa-
roiſſent par vn effect merueilleux, & pro-
prietez incogneuës aux ëaux de ſaincte
Reyne, nous arreſtant à ce qui en a eſté dit
cy-deuant.

Effects
merueil-
leux des
ëaux de
ſaincte
Reyne.

Eaux qui
agissent
manifeste-
ment.

Mais pour celles qui agissent manifestement, & par vn terme definy, qui chan-
gent & alterent nos corps, & qui se reco-
gnoissent par les sens conjoints & mariez
auec la raison & experience, tant en varieté de mouuements, saueur, couleur, & autres qualitez, en production d'vne infinité
de choses pleines de rauissement ordinaire
aux eaux, apres auoir dit vn mot de l'action
qui naist des qualitez éuidentes, sans con-
fondre les vrayes causes, auec les acciden-
telles, à sçauoir l'art & l'occasion, ou l'op-

L'art, l'oc-
casion, &
l'opportu-
nité ne se
doiuent
confon-
dre.

portunité, il sera conuenable de leur attri-
büer veritablement l'efficace que les se-
crets canaux & vaisseaux sousterrains leur
communiquent immediatement & priua-
tiuement à tous autres. — — — — —

— — — — *Patriæ non degener artis*
Candida de nigris, & de candentibus atra.

Difference
des eaux
potables.

Nous remarquons cinq vniuerselles dif-
ferences d'eau potable; celle de pluye, de
fontaine, d'estang, de puits, & de riuiere;
desquelles aussi bien que des minerales &
metalliques, naissent souuent des effects
dissemblables.

Les minerales & metalliques, & principalement celles qui participent du sel, nitre, &

tre, & foulphre, nettoyent, incifent, fub-
tilient, & attenuent, bref font tres-aduan-
tageufes aux froides & humides indifpofi-
tions, douleurs articulaires, paralyfie, ftu-
peur des nerfs, diminution, & deprauation des fens, conuulfion, punction, fpaf-
me, affections renales, afthme, fractures,
ou fe rencontre la difficulté de la forma-
tion du calcul, vlceres trop humides, au
cerueau & poictrine affaillis, de iournalie-
res & frequentes defluxions. Que fi on me
reprefente ce fel fec au troifiefme degré, il
fe rend en ce fubject temperé par l'eau ele-
mentaire, qui pour lors refout les œdemes,
purge, & euacuë les humeurs groffes &
vifqueufes, lafche le ventre, & rend les
baffins des reins nets, comme auffi les ou-
reteres, vefcie, & conduits vrinaires. Peut-
on douter qu'elle n'efface le tiltre que les
Iurifconfultes ont couché dans leurs Ca-
nons, *de frigidis & maleficiatis.* L'hidropifie
caufée d'obftruction & debilitation du
foye, ne r'encontre vn plus fingulier remede, conuenable à toutes les plus fafcheufes
infirmitez du cuir, blanchit la face, teint
les cheueux de couleur agréable, bannit
l'alopecie, nettoye les dents, & efloigne

H

leur douleur, comme auſſi celle de teſte, d'oreilles, la ſuppuration, bourdonnement, & eſtoupement d'icelles, les affections des yeux cauſées de matiere froide, l'hemorragie, déformité des ongles, angine, & maladie du goſier, arreſte la nauſée, violence du poiſon, morſure des beſtes venimeuſes, en vſant tant pour la boiſſon que pour le bain, reſiſte aux gangrenes, & vermine. De plus, cette éau eſt ſecourable aux douleurs iſchiadiques, peſanteurs d'eſtomach, decolant & detaçhât les phlegmes qui s'y rencontrent, aux durtez & oppilations de ratte, paſſion iliaque, colique, inflammation, & tumeur des parties genitales, aux carnoſitez, indiſpoſitiós de matrice, reſtabliſſement des forces, prouocation de ſueürs retardation d'icelles, aux horreurs & rigueurs qui ſuruiennent aux fiévres, ſoulage manifeſtement les inteſtins, la lethargie excitant la nature par clyſteres faicts d'elle meſme, & par ſa ſiccité modere les flux immoderez ; bref, on ne luy ſçauroit deſnier le pouuoir éminent qu'elle poſſede contre l'hydropiſie, toutes ſortes de ſuffocations, oppreſſions, & obſtructiós au delà des éaux ſimplemét ſalées.

Si i'auois proposé de m'eſtendre dauantage ſur ce ſubjeſt, ie pourrois aſſeurer
que cette ëau nitreuſe donne teinture aux
metaux, blanchit parfaiſtement les linges,
nettoyë les draps & laines, & ſuiuant l'o-
pinion d'vn Moderne, approprie les peaux
& cuirs, remet l'appetit au Caualin, brebis,
& autres animaux qui s'y rendent à toutes
heures.

Les plus faſcheuſes maladies cedent à la
teinture des eſprits metalliques, au nombre deſquels ceux que le fer nous donne
auront leur rang, püis qu'il eſt engendré
d'vn vif argent, meſlé auec vn ſoulphre
eſpais, paroiſſant dans nos ëaux en aſſez
grande quantité, ainſi que nous l'auons
declaré, propre pour la gueriſon du mal
virginal, oppilations, debilitations du
foye, de la ratte, & du meſentere, qui obligent de recourir aux ſources ferrumineuſes, plus en vſage qu'elles ne furent iamais.
Le doſte Scaliger en l'exercitation 160.
ſeſt. 3. parle ainſi. *Nihil ferro potentius, aut*
ſtriſta, laxat, aut laxa ſtringit. Les chiens de
ceux qui manient le fer, & qui boiuent
l'ëau dans laquelle on l'eſteint ſouuent,
n'ont point ou peu de ratte. Dioſcoride

La puiſ-
ſance des
eſprits
metalli-
ques.

Qu'eſt ce
qui com-
poſe le fer.

Opinion
de Scaliger
touchant
le fer.

De Dioſ-
coride.

H ij

ne prescrit seulement ce remede aux Sple-
nitiques, mais aussi aux cœliaques, dysen-
teriques, choleriques, hysteriques, hydro-
piques, scorbutiques, mesme aux hypo-
chondriaques, éuacuant la bile noire, non
seulement par les vrines, mais aussi par les
intestins, moderant la chaleur extraordi-
naire, introduitte aux parties du ventre in-
ferieur : pareillement les reins en sont sou-
lagez, & l'ardeur venereenne corrigée.
I'entends quelques censeurs, du nombre
desquels est Craton qui n'en parle si aduā-
tageusement : car traittant de l'eau ferrée il

Cap. de
Dysent.

dict, *in recta victus ratione nihil pratermittatur,*
nec detur potus chalibeatus vt fieri solet, non enim
adstringit, vt falsò existimant medici, sed turbat
aluum. Il semble aussi que Platerus en sa
practique soit en la mesme opinion, combien qu'ailleurs il prescriue le vin où est ad-
mis l'acier preparé : toutesfois en vne Epi-
stre addressée à Guillaume Faure, inserée
au chap. 7. d'vn sien traitté de la Dysente-
rie n'impreuue l'opinion de Craton. L'vn
& l'autre se fonde sur ce que l'experience
faict voir, que par l'vsage trop frequent de
l'acier, le ventre s'affoiblit & se trouble, de
plus qu'il excite le vomissement. Dioscco-
ride

ride tient tout le contraire au liu. 5. chap.
53. asseurant, *rubiginem ferri sistere fœmineum*
profluuium, vinum & aquam, in qua candens
ferrum sit extinctum, potu cœliacis, dysentericis,
cholericis, & dissolutis stomacho prodesse. Galen.
parle de cette sorte. *Lac desiccantem faculta-*
tem accipere, omnes alui fluxiones sistere, si lapides
igniti, aut ferrum candens in eo extinguatur.
Loys Mercier pour concilier tant de diuer-
ses opinions escrit, *ferrum & chalibem ad-*
stringendi, & meatus obstructos aperiendi, item
vim habere purgandi, eamque obtinere ob maxi-
mam copiam sulphuris & mercurij quam habet.
Mercurial maintient ; *ferrum quum sit cali-*
dum & siccum in tertio gradu, & crassa substan-
tiæ, ità vt seruet suam qualitatem dùm penetrat ad
viscera, & ob crassitiem suam tenaciter adhæreat:
propterea fit vt sicubi inueniat obstructiones &
vias angustas ibi adhærens incalescat, & postquam
incaluit, colliquet & resoluat humores, & hac
ratione dissipet & discindat omnes tumores &
obstructiones. Il n'y a que la preparation di-
uerse de ce metail qui cause toutes ces difficultez, puisque nous tenons pour maxi-
me indubitable, & pour principe certain,
que ; *ferri qualitatibus, totidem respondent ex*
ferro formæ. Nam solida & sicca ad solidandum

I

L. 11. de fa-
cult. 5. de
lact.

L. 2. de
morb. mal.

L. 3 praxis.
cap. 11.

firmandumque àprior eft; liquida efficacius eluit ac terget.

C'eft trop s'eftendre fur cette matiere, puis qu'il fuffit que nos ëaux tiennent tellement de la qualité du fer, qu'en la mixtion qui s'y entretient naturellement, & auec non moins de force pour le prefent, qu'à leur naiffance fe rencontre plus de perfection, qu'en ce que l'art imitant la nature fçauroit executer. Ce qu'eftant confideré de bien prés, nous confefferons auec Hippocrate, que la nature eft bien inftruitte, & qu'elle procede en fes actions auec eftroitte obferuation d'ordre, nombre, & mefure, ce que les hommes en façon quelconque ne peuuent imiter. Ie me promets que cette matiere femblable au faffran de Mars produira des effects plus releuez & puiffants que le diaftomoma tant recommandé en ce fiecle, non feulement par toute la France, mais en admiration parmy les nations plus éloignées. Eftant aux ëaux de fainct Alban en foreft, vn peu au deffus de Boify, maifon de Monfieur le Duc de Roänois; pour vne fois i'en fis leuer plus d'vne liure & demie, peu different de celuy de Santenay, tant en faueur, cou-

L'ordre eftroit de la Nature.

Preference du faffran de Mars naturel à l'artificiel.

Obferuation à S. Alban.

leur, qu'autres qualitez, & duquel ie parle
apres m'en estre seruy auantageusement
en bon nombre des maladies susdites.

Que dirons-nous de cette substance on-
&ueuse qui se remarque parmy les boüillons où nostre ëau est employée? n'est-il
pas croyable que c'est la partie plus aërée
du soulphre, & non cette escume surna-
geante sur les ëaux, molle & traittable
pour lors, mais hors de son bassin se rend
plus dure que la poix, vraye matiere bitu-
mineuse, excitant vne manifeste difficulté
de respiration, si on en prend par la bouche, mais appliquée au dehors se rend dis-
cussiue, remolitiue, & glutinatiue, sert aux
affections histeriques, maladies des nerfs
procedantes de cause froide; mais cette
on&uosité dont est question est vrayëmét
balsamique, trainant auec elle vne manifeste analogie auec nostre chaleur naturel-
le, temperament & complexion, ce qui se
referera tousiours au soulphre vitriolé &
alumineux, temperé par l'ëau simple & na-
turelle, tenant lieu entre les plus releuez
antidotes qui arrestent les douleurs plus
violentes, esloigne de nos corps la viru-
lence & matiere vermineuse, cause bien

Liqueur huyleuse és eaux de Santenay.

Force de la liqueur huyleuse.

L ij

fouuët des epilepſies ſympathiques, tient
beaucoup des proprietez du bois Hera-
cléen, preferable aux Cedres du Liban,
eſtant croyable que quelque Hercule
dompteur de tant de monſtres, tyranni-
ſants nos corps, s'y eſt voulu loger pour
noſtre ſoulagement.

Effets du
ſoulphre
parmy les
ſeux.

    Paſſons outre, & voyons ce que peut le
ſoulphre le plus ſuccintement & clairemét
que faire ſe pourra, ayant des qualitez dia-
phoretiques, diuretiques, mundificatiues,
moyens tres-aſſeurez pour en extraire pluſieurs remedes alexicaques : car parmy les
antidotes contre la peſte, il eſt certain que
nous meſlons ſes fleurs & beurre comme
ennemis iurez de toute corruption, puiſque poſſedant vne acidité interieure, con-
jointe à vne puiſſante ſiccité, il ne faut s'e-
ſtonner s'il agit auec tant d'auantages.

    Ie ſçay que Craton ne tient cette opi-
nion, mais à ſon ſens ie prefereray l'eſchole
des Grecs & des Arabes.

    Myrepſus qui a recueilly tout ce que
ceux qui l'auoient deuancé en eſtimoient,
n'a-il pas faict voir au iour vne vingtaine
d'antidotes qui ont le ſoulphre pour leur
baſe.

                         De plus,

De plus, ne sçait-on pas qu'auec le nitre & fleurs de soulphre se prepare l'anodin mineral, ou pierre prunelle, à cause de son effect admirable aux fiévres Hongroises, affections scorbutiques, chaleurs internes, estant dissout dans quelque ëau conuenable, aux obstructions du foye, & plus fascheuses maladies ; qui en voudra voir dauantage qu'il ayt recours à Thodeus en son Halographie.

Admirables effets du sel anodin.

Tous ces rares effects ont obligé les Chymistes de le tenir pour vn principe essentiel des corps mixtes, encores qu'il soit mixte luy-mesme.

Opinion des Chymistes touchant ce sel anodin.

Que si pour conceuoir promptement la flamme, on luy attribuë vn excez de chaleur, qu'est-ce qu'on me respondra si ie leur represente le camphre, lequel quoy que doüé d'vne complexion tenant du chaud & du froid, si à-il de plus des qualitez effectiuement froides, nonobstant qu'au goust il paroisse tres-acre & corrosif, conceuant pareillement la flamme dans les ëaux plus froides, & cependant nostre soulphre est tellement doux, qu'il ne rend aucune saueur ingrate ; son esprit est vitriolique, capable de rafraischir & soula-

K

ger les humeurs plus reschauffées & bilieuses.

Nous asseurons donc auec tous les Medecins, tant Grecs, Arabes, que Latins, que les eaux de Santenay qui participent de la qualité sulphurée, non par leur propre naturel, qui ne peut que rafraischir & humecter ; mais par le moyen & entremise d'vn tel mineral, qui leur communique ses facultez, s'y meslant & destrempant inimitablement par l'art humain, qu'elles peuuét nettoyer, dissiper, resoudre, subtilier, desseicher, & agir en suitte de la disposition & rencontre de la diuersité & varieté des subjects.

Ce que peuuent les eaux de Santenay.

Nous auons dit cy-deuant que les plus violentes maladies cedent à la teinture des esprits metalliques, au nombre desquels nous colloquerons le mercure, quoy que plusieurs le tiennent seulement pour principe metallique, estant moins condensé que les metaux, & qu'entre les principes & les corps qui en prennent leur aistre, & en font composez ; il s'y remarque beaucoup de difference, & que les metaux ne sont autre chose que les mineraux, lesquels se peuuét fondre & estendre auec le marteau ;

Opinions touchant le mercure.

ſi eſt-ce que ſans m'arreſter à toutes ces difficultez, ie diray que Dioſcoride parlant de ce ſubjeſt auec Oribaſe & Actuarius, s'eſt grandement meſpris, aſſeurant que le vif-argent eſt extraict du minium, qui n'eſt autre choſe qu'vn plomb calciné iuſques à rougeur par la force du feu. Encores moins m'arreſteray-je au Cinabre artificiel, lequel ſe reuifie auec la chaux viue & crouſte de pain, eſtant autre choſe du mineral, duquel la manifeſte peſanteur eſt accompagnée d'vne eſclatante couleur de rubis; & c'eſt de cettuy-cy qu'on retire le mercure precieux, & qui doüe nos ëaux d'admirables proprietez. Auicenne en à eu la cognoiſſance parlant en termes expréſ, que: *argentum viuum, aliud purgatum eſt à minera ſua, & aliud extrahitur à lapidibus mineræ ſuæ cùm igne, ſecus ſit aurum & argentum.* C'eſt cette incomparable Panacée, qui combat outre les maladies cy-deuant énoncées la lepre, ſcrophules, peſte, mal-mort, & autres qui viennent d'vne manifeſte & notable corruption du ſang. C'eſt de ce metail qu'on prepare la poudre angelique, l'aigle celeſte, le ſublimé doux, & ſe reduit en liqueur tres-agréable, outre pluſieurs autres

L.5.c.70.

D'où vient le parfaict mercure.

Merueilleux effects du mercure.

singulieres preparatiõs ne met au iour des
moindres effects, que cette cinquiefme effence extraicte imaginairement de l'or, &
tant celebrée par les plus rares efprits qui
ne l'ont veuë ny cogneuë. Si on en prend
par la bouche, il ne fe r'encontre rien de
femblable, & i'oferay dire qu'en ayát tou-
ché des polypes cinq ou fix fois, la curatió
s'en eft enfuiuie fans aucun reffentiment
de douleur; de mefme les carnofitez font
entierement emportées par ce feul reme-

Compa-
raifon du
mercure
auec l'or.

de, qui m'oblige de dire, que : *argentum vi-*
uum æquiparatur balfamo folis. Qu'on recou-

Comme il
fe corrige.

re à Libanius qui en à traitté amplement,
publiant que, *hydrargirum præcipitatum corri-*
gitur fpiritus vini infufione & incenfione, addi-
tionéque extracti trochifc. viper. vel theriaca. La
liqueur mercurielle prouoque les fueürs
fans violence, defcharge les vrines, les in-
teftins, & laiffe au palais vne faueur tres-
agréable. Pour le prefent ie n'en diray dauantage, ayant fuccintement, & le plus
familierement que i'ay peu, eftalé les proprietez des ëaux de Santenay, de l'vfage
defquelles fuiuant l'aduis des doctes & ex-
perimentez Medecins, on fe feruira d'oref-
nauant, auec fruict & auantageufe reftitu-
tion

tion de la santé perduë, Dieu y coöpe-
rant, par la benediction qu'il luy à pleu par
sa bonté & misericorde infinie y conferer,
qui nous oblige estroitement en particulier & en general, luy en rendre & de cœur
& d'affection graces & loüanges infinies.
Que si les eaux de nostre Bourbon sont en
estime pour suruenir aux infirmitez plus
secrettes, suiuant ce que le sieur Aubery
qui longuement en à eu le gouuernement
en escrit, en la question sixiesme du
liure qu'il à mis en lumiere ; que dirons-
nous de celles dont nous traittons, qui
abondent dauantage en mercure tres-pur,
& duquel on ne peut legitimement douter, ce qui n'a esté remarqué ny par ledit
sieur Aubery, ny autres qui y ont employé
leur trauail & estude; & c'est ce qui doit de-
terminer & poser les bornes au rauissemét
qu'on peut auoir, par des succez si admirables ; n'estant necessaire de recourir ailleurs pour affermir cette verité, de laquelle
la seule inconsideration voudroit rendre
inutiles les auantages, fondée sur vn fu-
rieux déuoyément de cerueau, & flux de
bouche, calomnieux & remply d'ignorance. C'est pourquoy ceux qui par leur

L

profeſſion viſent à obliger le public, ne
doiuent iamais parmy les actions recommandables ſouhaitter de poſſeder vne
gloire empruntée, digne ſeulement des eſprits foibles ; mais auec moderation ſont
obligez d'eſtaler auantageuſement les cô-
moditez que la fortune leur a données.
Ainſi pour n'eſloigner le cours du bon-
heur que nous attendons de la joüiſſance
de nos eaux, il ne nous ſuffit de les auoir
deſcouuertes, recogneuës, & loüées, ſi pour
ſatisfaire à la neceſſité commune nous ne
les conſiderons n'operer iamais moins que
des miracles. Cette matiere eſt auguſte, &
ſouffre librement le tribut de la medecine,
de l'honneur, de l'affection, & du rauiſſe-
ment, non ſeulement de la Bourgongne,
mais de toute la France. Ces çhoſes ſouſte-
nuës des aiſles d'vne eſperance qui paroi-
ſtra n'auoir eſté vainement conceuë, oc-
cuperont auec admiration nos meilleures
penſées, & par cette recognoiſſance le reſtabliſſement de ſanté approchera de nous,
& l'object de tant d'eminentes qualitez ne
r'encontrera aſſez d'autels pour eſtre reue-
ré. Cét heureux rencótre nous fera moüil-
ler l'anchre dás vn havre fauorable, & tout

le monde tafchera de fe rendre capable
d'aborder cette Nymphe, pour chaffer &
efloigner les monftres des maladies qui
nous affaillent trop furieufement: & d'autant que ces ëaux minerales doiuent auoir
lieu en l'vfage familier & ordinaire de la
nature, tant pour la preferuer, conferuer,
que deliurer de tant de frequents accidéts
qui luy furuiennent, nous nous treuuons
obligez de les rechercher, careffer, & pra-
tiquer, faifant élection du temps plus op-
portun, de l'heure qu'on iugera conuenable, de la quantité, comme auffi de l'ordre qu'on eft obligé d'y obferuer exacte-
ctement, fans toutesfois obmettre plufieurs loix & reigles entierement requifes
en ce fubject, fi elles fe recognoiffent ca-
pables de paffer & faire leurs defcharges
promptement, ce qui concerne la feule
experience. Icy nous remarquerons le téps
vniuerfel & le particulier, pour jetter vn
fondement de neceffaire diftinction.

Les folftices ne nous permettent vn
abord auantageux de nos ëaux; l'vn eu ef-
gard à fon chaud extreme, fuiuant Hippocrate qui dict, que, *fub cane & ante canem dif-*
ficiles purgationes. Et c'eft ce qui eft par trois

Aphorifm.
5. fect. &.

L ij

li. 4. de
sar. tu.

puiſſantes raiſons extraictr de Galén,
qu'en tel temps les corps reçhauffez ne
peuuent ſupporter l'acrimonie du medica-
ment, d'où arriue que ceux qui s'en ſeruét,
bien ſouuent febricitent; de plus les foibles tombent dans vne manifeſte deperdi-
tion de forces, & d'eſprit; bref, l'air qui
nous enuironne par ſa chaleur, attire en
dehors par côtraire mouuemēt, à la partie
par laquelle la purgation faict deſçharge:
qu'eſt l'occaſion que trop ſouuent nous
apperceuons que les ëaux non éuacuées, ſe
putrefient & corrompent en nos corps, &
par cette voye degenerants en bile acre,
produiſent des fievres tres-ardantes.

Pour le regard de l'autre ſolſtice, par ſa
froidure nous voyons les ëaux auoir peu
ou point de qualitez remarquables, puiſque les ëaux & neiges frequentes, les chá-
gent & alterent extraordinairement.

C'eſt pourquoy ſans nous arreſter aux
ſolſtices, nous reçhercherons quelques
iours apres l'equinoxe vernal, & quelques
iours auparauant & iuſques au huictieſme
d'Octobre, où domine celuy d'Automne,
le plus puiſſant abord de nos ëaux, où la
meilleure diſpoſition des corps ſe retreuue

ſi les

fi les pluyes ne fe r'encontrent trop frequentes.

V oila fuccintement ce que nous efti-
mons des faifons propres & conuenables;
maintenant puifque l'Aurore femble nous
communiquer fes treffes dorées, & que
d'vn afpeᵭ gracieux elle courtife noftre
Nymphe, fon çher Titan retournant du
riuage More, vne heure & demie apres fon
arriuée, la digeftion parfaiᵭe, comme auffi
la diftribution accomplie, les defçharges
excrementeufes s'en eftant enfuiuies, parmy vn moderé exercice, pour corriger la
fraifçheur qui nous attaque en tel temps,
prefuppofant le confeil d'vn experimenté
Medecin auoir precedé, pour preuenir les
accidents qui bien fouuent furuiennent,
on fe refoudra par l'efpace de quinze ou
vingt iours à la boiffon de l'eau minerale,
commençant le premier iour d'en boire
trois ou quatre plains verres communs, &
augmentant de iour en iour iufques au
dixiefme d'vn verre, fi on veut paruenir
iufques au vingtiefme, où eftant arriué on
demeurera iufques au quatorziefme iour
fans diminution, & dés ce iour-là iufques à
la fin on diminuera fuiuant la proportion

M

qu'on à obſeruée dés le premier iuſques au
dernier iour.

Le meſme ordre s'obſeruera ſuiuant que
plus ou moins la maladie, la complexion,
& la ſaiſon le pourront permettre.

Icy on prendra garde que ces eaux ſoient
vuidées ſuffiſamment, & que l'vrine r'entre en ſon aiſtre ordinaire, demonſtration
certaine & aſſeurée du terme de l'operation.

Si l'effect parauenture en eſtoit retardé,
ou par le mauuais naturel de celuy qui s'en
ſert, ou par le moyen de l'eau & conſtitu-
tion mauuaiſe de la ſaiſon, faudra redou-
bler l'exercice, monter à cheual ou en car-
roſſe, obſeruant en tout & par tout vn bon
& loüable regime de viure, ſe repurgeant
ſuiuant que l'occaſion le requerra, principalement apres le ſuſdit vſage, euitant ſur
tout de ſe jetter dans les excez. Ainſi ie me
contenteray pour le preſent de publier
qu'il ne ſe voit en France aucune fontaine
plus vniuerſelle en facultez minerales &
metalliques que la noſtre, offrant d'en ve-
nir à la preuue toutes & quantesfois qu'on
me fera l'honneur d'agréer ce que les ſens
principalement, la raiſon, & l'experience

Eaux de
Santenay
ttes-vni-
uerſelles
en l'vſage
de la me-
decine.

Submiſſiō
de l'Au-
theur.

m'en ont faict cognoiſtre ; que ſi i'ay faict
des omiſſions, & eſcrit auec trop d'obſcu-
rité, ie ſuis aſſeuré qu'on n'y r'encontrera
point de peché, puis que cela à paſſé ſans
contract de conſentement, m'eſtant vn
plaiſir extréme de me voir pluſtoſt en
ignorance, qu'en erreur, veu que l'ignorance fidelle eſt de plus grand prix, que la
ſcience temeraire, & que toutes choſes
ſont faciles à l'operation, quand l'ordre
precede l'action, laquelle ie prieray eſtre
priſe de bonne part : donnant en contre-
eſchange de tant de faueurs, le deſir qui me
poſſede touſiours, d'expoſer librement au
iour le teſmoignage de ma ſincere affection, non tant pour me deſgager de ce
que ie doibs au public, que pour luy con-
ſacrer par eſtroite obligation tout ce que
Dieu m'eſlargira & d'eſprit & de vie.

Egredior ſacros auſus recludere fontes.

I

F I N.

www.ingramcontent.com/pod-product-compliance
Lightning Source LLC
Chambersburg PA
CBHW061707180626
46818CB00003B/1293